KB089639

아카시아 꽃숲에서

공영해

경북 영천에서 태어나 영남대학교 국어국문학과를 졸업하고 1999년 『시조문학』으로 등단하였다. 시집으로 『모과향에 대한 그리움』, 시조집 『낮은 기침』 『천주산, 내 사랑』 『아카시아 꽃숲에서』와 삼형제 문집 『방앗간집 아이들』 2권이 있다. 창원문인협회, 가락문학회, 포에지 창원 회장을 지냈다. 한국시조시인협회, 오늘의시조시인회의, 경남문인협회, 경남시조문학회, 사설시조 포럼, 계성문학회 회원으로 활동하고 있다. 가락문학상과 경남예술인상을 수상하였다. 창원의 경상고등학교에서 35년 간 우리말글을 지도하였다.
gong1473@hanmail.net

황금알 시인선 155
아카시아 꽃숲에서

초판발행일 | 2017년 10월 31일

지은이 | 공영해
펴낸곳 | 도서출판 황금알
펴낸이 | 金永馥
선정위원 | 김영승 · 마종기 · 유안진 · 이수익
주간 | 김영탁
편집실장 | 조경숙
표지디자인 | 칼라박스
주소 | 03088 서울시 종로구 이화장2길 29-3, 104호(동숭동)
물류센타(직송 · 반품) | 100-272 서울시 중구 필동2가 124-6 1F
전화 | 02)2275-9171
팩스 | 02)2275-9172
이메일 | tibet21@hanmail.net
홈페이지 | http://goldegg21.com
출판등록 | 2003년 03월 26일(제300-2003-230호)

값은 뒤표지에 있습니다.

ISBN 979-11-86547-73-1-03810

*이 시집은 (재)경남문화예술진흥원으로부터 제작비 일부를 지원 받았습니다.
*이 도서의 국립중앙도서관 출판예정도서목록(CIP)은 서지정보유통지원시스템 홈페이지(http://seoji.nl.go.kr)와 국가자료공동목록시스템(http://www.nl.go.kr/kolisnet)에서 이용하실 수 있습니다.(CIP제어번호: CIP2017026301)

아카시아 꽃숲에서

공영해 시조집

황금알

내가 만난
꽃들은 늘
새롭고 향기로웠다.
꽃은 시이며 사랑이다.
생의 덤을 얻은 후부터
만나는 꽃들이 더
절실한 아름다움으로 나에게 다가왔다.
사람살이를 등지고 만난 꽃은 없다.
꽃을 만남은 내 생활의 일부,
꽃은 내재율이다.

꽃과 맺은
인연을
사랑할 것이다.

2017년 9월
비음산방에서

차 례

1부

2부

3부

4부

5부

■ 해설 | 호병탁

1부

노랑제비꽃

이 봄 다 가기 전 너를 찾고 말리라
날마다 수소문하며 골짜기를 누벼왔다,
눈웃음 생생한 기억 노랑 적삼 여며 입은

진달래 분홍치마 펄럭이는 팔부 능선
송이가 살다간 물 한 방울 없는 동네
그쯤에 너는 있어라, 비가 되어 찾으마

간절히 그리울 땐 꿈길로도 온다는데
꽃샘의 등을 타고 단숨에 와야 한다
내 사랑 노랑제비꽃, 한 생의 은유 같은

붉은개미자리

.

허리띠 졸라맨 채
몇 겁 생을 지고 와서

제 몸
까맣게 타

숯이도록
살라온 업業

그런 삶
그런 꽃자리
마중하는

개미 떼

쇠뜨기

힘들제, 이눔 소야
자, 한입 뜯어 무라

워워, 또 한입
발등 부은 밭머리서

발기한
꽃대를 물고
투정하는
해거름

양귀비

비린 생 핏빛 유혹 지체 높은 귀비貴妃라 해도
할머닌 피는 족족 꽃잎을 따버렸다
떼어야 정을 떼어야 잡초로나 산다시며

밤마다 뼈를 깎는 송곳 아픔 생각하면
거두어 베갯머리 약으로나 묻어두고
넉 잠 든 누에들처럼 깊은 잠을 청할 텐데

고단한 삶의 고비 잠시 헛디딘 생각
고개 든 자존으로 꽃 대궁도 불지르며
마성의 붉은 입맞춤 할머니는 등 돌렸다

봄까치꽃*

햇귀 톡톡 터뜨리며
빛살 펴는
맑은 향기

숫눈까지 녹여내는
가장 머언
별의 숨결

귀밝이
한 잔에 벌써
하늘 여는
꽃잎
들

* 봄까치꽃 : '큰개불알꽃'의 다른 이름.

까치수영

생쌀 씹는
누이 같은
까치수영 벌써 왔다

무밭 드나들던
나비는 왜 따라왔나

땡볕에
느낌표 몇 개
콩밭머리
꽂아 놓고

히어리

유모차 아장아장 따라가는 손자 녀석

히어리
노오란 꽃그늘
방석 살짝 내밀자

"함무이,
요오 요 앉아."

쉬어가자
당기는 손

낚시제비꽃

'콰이강의 다리*' 건너 저도에 둥지를 튼
애기붓꽃 어깨 너머 등 굽은 낚시제비
바다는 등 뒤에 두고
무슨 채비 하고 있나

체질한 볕살 가루 이슬 이겨 떡밥 삼고
미늘 없는 곧은 바늘 풀빛 풀어 휙 던지자
보아라, 파도의 비늘
퍼덕이는 은갈치

* 콰이강의 다리 : 창원시 마산합포구 구산면 구복리 소재 연륙교

참꽃마리

작년에도 만났다,
밀양 어디 얼음골

웃으면 덧니 하얀
누이의
머리 꽃핀

침산동
검은 골목길
국수집이 환하던

마삭 길

그물 친 향의 차일 벌집을 건드린 듯

일제히 돌아가는
바람개비 꽃풀무

햇살도
하얀 재채기
향기 한 줌
털며 간다

삼지닥나무

미풍에도 깜짝 놀라 시늉하는 날갯짓

삥삥삥, 병아리 떼 꽃구름을 이룬 포구

나무도 삼지닥나무 등댓불을 밝히는

가쁘게 헤어온 길 너를 만나 숨 고르자

소풍 온 유치원생 술래잡기 한창이다

저 난만爛漫 꽃 핑계 삼아 나도 술래 되어 본다

별꽃 경전

그제 내린 봄비에도 기름때 다 못 씻은,

주차장 볕살자리 별꽃의 만행萬行을 본다

남루를 그냥 걸친 채 젖니 살짝 내미는

모두가 외면하는 척박한 땅이라지만

하이얀 말씀의 향기 넘치는 송이마다

화엄을 남 먼저 피워 봄을 여는 경전이여

관음

물 마른 약수터에 새벽 운동 한창이다

훌라후프 돌리는 탱탱한 엉덩이들

저 엉큼,

박쥐나무 꽃

치마 살짝

들치며

흰어리연

지상의 꿈을 찾아
억 광년을 내달려 와

잠시도 쉬지 않고
앉을 자리 찾더니만

날 밝자
꽃 속에 앉아
숨 고르는
별
별
별

수크령

보랏빛 여우꼬리* 일제히 일어선다
한뎃잠 깬 풀들이 이슬 꿈을 털기도 전
활대를 뽑아든 햇살 비올라를 켜고 있다

달리는 바람 소리 갈퀴까지 휘두르며
발목 걸려 넘어져도 단숨에 일어서는
천변의 푸른 아우성 펄럭이는 깃발들

고마리 붉은 눈빛 바람과 함께 울면
젊은 격정의 날들 부둥켜 얼싸안고
못다 한 이슬의 노래 여울물에 띄운다

* 여우꼬리 : '수크령'의 딴 이름

처서 지나
— 큰세잎쥐손이

자줏빛
기쁨 한 송이
실금 펴는
길섶이다

처서 지나 유지매미
귀울음에 기름 부어

등 굽은
하오의 햇살
둘레길을
가다
쉬는

해국 海菊

있는 듯 없는 듯
얼굴조차 안 내밀다

오늘사 바다를 지고
파도 소린 등에 지고

가을볕
여남은 조각
뜨락에다
뿌리나

2부

시간의 갈피

투명한
담록 햇살
열고 들어 뒤적이자

그 어디
잎줄기와
맞닿은 시간의 갈피

때죽꽃
하얀 잠꼬대
꼬물대는 그 어디

백로 白露

들끓던 매미 소리
석류가 다 퍼마셨나

물오른 여름이 가지를 당기고 있다

제제제 비비비 비비
전깃줄이
팽팽하다

미더덕

검은 땀 방울방울 바람길에 부린 날은
막걸리에 미더덕 한 점 아재는 안주했다
오도독, 하루의 끝을 입안 가득 터뜨리며

몽당연필 꾹꾹 눌러 외상 장부 적을 때면
글자마다 살아있는 개미들의 살림을 본다
아직도 구공탄 연기 산동네를 못 떠나는

멍들어 막장 같은 생을 실어 나를수록
꽃다지랑 별꽃 같은 풀꽃들을 만나면
잔 속에 노을을 담아 미더덕을 권했다

비 맞은 갈잎처럼 서로 등을 덮어 주며
진미는 껍질이라며 모닥불을 끼고 앉아
못나서 더욱 그윽한 생의 향을 음미했다

가마우지

햇살도 곤두박질 산동네로 넘어와선
까맣게 물이 들어 맨발로 뛰어놀던
루핑 집 낮은 판자촌 복덕방이 들어섰다

셈본 책 숫자보다 자치기로 셈을 익힌
그때 그 햇살을 감고 자라난 아이들이
하나 둘 시다로 떠나 피라미를 물고 왔다

숙달된 자맥질로 하루를 미싱해도
주판은 늘 마이너스, 재고 없는 대목이다
날마다 목을 죄는 끈 멍 자국이 시렸다

줄 것 다 토해내고 뼈만 앙상 남은 이들
성당못 버들 숲에 종일토록 앉아 졸다
해 지면 가마우지처럼 끼룩끼룩 귀소한다

는개

투명한 시간의 무게
는개는 알고 있다

나절가웃 기다려 벙그는 하늘 앞에

복사꽃
붉은 입맞춤
눈물 그렁

맺히다

길고양이

실직으로 꿈을 잃은 한 여자의 애완동물
야생의 발톱 세워 주린 배를 채우다가
볕 바른 양지에 앉아 해바라기 하고 있다

눈치껏 한뎃잠을 옹알이로 느껴 앓던
매연으로 가라앉은 도시 가끔 뒤척일 때
달려가 안기고 싶어 시린 발을 핥는가

날품으로 팍팍한 삶 등 돌린 인정이지만
쫓기던 골목까지 잊을 수야 없는 걸까
감았던 실눈을 뜨며 귀를 쫑긋 세우다

나의 나라로

잠시 쉬는 길이기로 반석 위에 앉았더니 서늘바람 구름 불러 땀을 닦아 주건만 이 무슨, 불청객인가 덤벼드는 개미 떼

이곳은 내 나라 아닌 개미족의 왕국이다 세금으로 빵 부스러길 여기 저기 흩어 놓자 잠시 후 나의 입국을 무심으로 맞는다

생각하면 나 또한 나무이고 바위인데 그들은 나를 외계인으로 여기나 보다 일어서 뒤돌아보며 나의 나라로 향한다

옥포 횟집

살 저민 돔 한 마리 쟁반 위에 뉘였다
못다 한 그 무슨 말 뼛속에 남은 듯이
아가미 벌럭거리며 두 눈을 부릅뜬다

"싸장님, 감싱이*가 살아 펄떡 뛰네예!"
저녁마다 카드 팍팍 긁어대던 부장님도
물 좋던 잿빛 유니폼 도미 신세 된 것일까

단대목 전어철에도 갈매기만 기웃댈 뿐
뼈 아린 찬바람이 수족관을 닦는 저녁
주방장 마른 도마 위 초승달만 누웠다

* 감싱이 : '감성돔'의 경상도 방언

그기 무슨 우사라꼬
– 진해댁

시어미 장사질로 지 얼굴 통칠한대
집에서 손자들과 재롱 함께 떠시든지
경로당 노인들이랑 민화토나 치라며

정구지 남아돌아 두어 단 묶어 팔았어
호미 지난 밭고랑에 푸성귀 하나라도
그 모두 피땀 아닝가, 우째 무단 버리겠노

즈그사 가지 고추 귀한 줄 모리지만
기럽은 사람들이야 돈 주고도 몬 구하지
내 정말 똥칠을 했나, 그기 무슨 우사라꼬

38

어머니

물봉선 방방 터지는
워낭소리
맑은 아침

첩첩 골짝 주름살도
이맘때면 꽃밭이다

고추밭
이랑을 따라
반짝이는
은비녀

여름 수국
— 거제에서

수국이 길을 여는 보랏빛 섬나라에
진로를 잘못 든 태풍 새도록 휘몰아쳐
언덕엔 넝마를 걸친 풍차 한 대 삐걱이고

불꽃의 신화 앞에 바다 잠시 숨 고를 때
용접할 생의 강판 도크마저 문을 닫아
공모는 베일에 가려 한 치 앞도 볼 수 없다

쇳물밥 삼십 년도 파도 앞에 모래일 뿐
그 어떤 구호로도 되돌릴 수 없는 선수船首
부르쥔 맨주먹 앞에 하늘마저 떨고 있다

찢어진 신발들이 현관에 모였다가
장마철 빨래 널 듯 날품 찾아 흩어져도
수국水國은 가슴을 열고 마스크를 닦는다

성주
— 들의 기억

곡창의 푸른 노래 넘실대다 떠난 자리
하우스 둥근 이랑 햇살이 밟고 가면
겨울도 여기에 와선 금빛으로 익었다

논인가 밭인가 물길조차 쉴 곳 없고
노을도 앉을 데 없어 선걸음에 떠나지만
일손은 꿀벌로 앉아 화수분花受粉*을 하는 곳

계절을 역류하며 살아온 삶을 거둬
한 식솔 거느리고 살아가라 누웠지만
안으로 병든 노동이 잔기침을 하고 있다

※ 화수분花受粉 : '타화수분'의 조어로, '암술이 꽃가루를 받아 씨나 열매를 맺
   는 일'을 뜻함.

덤을 얻다

아무 기별 없었다, 갑자기 무너졌다
노오란 어지럼증 생의 문을 닫았다
아미산 젖은 속눈썹 물수건을 들고 선 날

"어쩌나, 어쩌다가?" 얼굴들이 쏟아졌다
내 그만 혼절하여 숨을 잠깐 놓았나 보다
하늘엔 구름이 몇 장 손사래를 치며 갔다

수습한 팔과 다리 몸의 숨을 추스르자
컵라면 먹어대는 강렬한 식욕 앞에
물봉선 하얀 꽃웃음 아름 가득 안겨 왔다

소나무야

푸른 정 오순도순 등 비비며 살겠더니
때아닌 스모그가 산비알을 훑고 가자
가래톳 끓는 목울대 소문들이 흉흉했다

포스팜 액*으로도 방역의 길은 뚫려
톱 소리 앞장세워 길목을 차단한 날
방수포 덮쓴 솔 무덤 또 몇 개가 늘어났다

세한歲寒의 으뜸으로 조선솔을 받들기에
독야청청 낙락장송 곧은 뼈를 자랑했지만
인제는 잡목들에게 그 자리를 넘겨준다

* 포스팜 액 : 재선충 예방약

상보床褓

마당귀 시렁쯤에 보리쌀을 덮던 석새
그 시절 지난 자리 당사唐絲로 피던 꽃잎
이제는 생활을 떠나 추상의 새 날리고

텁텁한 청국장에 누룩내도 호아 기워
그 손맛 누벼 담은 감물 박은 숨결 자국
바람도 서늘바람만 감치듯이 불러 왔다

마음 조각 실로 본떠 모란을 수놓을 제
색색실 입에 물고 나비 떼 날아들면
그 어느 밥상머리쯤 십장생이 춤추었다

상형의 새와 나무 하늘길을 열고 가며
잇닿은 헝겊들로 여름 숲을 펼치지만
사랑을 공글려 덮을 밥상 하나 없는 오늘

3부

나지오

쌀 반 가마 주고 산 60년대 그 나지오

풍에 누운 아버지의 지문까지 고대 남아

지금도

이미자의 동백꽃

성능 좋게 피운다

메꽃 아침

쟁기 날 들이대면 가슴 여는 논이 있다
배꼽에 감꽃을 단 유년의 기억 속을
메싹들 하얀 핏줄이 흙을 털며 꿈틀댄다

뚝새풀 자운영도 따라 눕는 순장길
워낭 소리 앞세운 아버지 발뒤축을
누이는 방아깨빈 양 이리 폴짝 저리 폴짝

앞서 가던 햇살이 논둑을 다 넘기도 전
단발머리 누이는 광주리가 넘친다

솥전에
밥물 넘치자
누이의 볼
메꽃 핀다

아카시아 꽃숲에서

벌보다 내가 먼저 꽃자리를 펴고 앉아
꽃버선 하얀 속살 젖어드는 꽃향기에
유년도 언제 왔는지 슬쩍 옆에 앉는다

황토뿐인 민둥산에 아카시아 심어 놓고
두어 됫박 압맥으로 보릿고개 넘던 날은
십 리 길 아린 십 리 길 필통소리 딸랑였다

유모차 쉬다가는 검버섯 핀 돌담길에
몸은 숨겼어도 들켜버린 그 숨소리
은발의 술래가 되랴, 선돌바위 그 소년

아이들 웃음소리 꽃술처럼 피어나서
따고 따도 끝이 없는 채밀의 저 날갯짓
활짝 핀 시간의 향기 꽃숲 가득 넘친다

봉선화

빨래를 널다 말고 사립문도 열어 둔 채
"온 아침 한매가요오, 병원 간다 캅디더"
담 넘어 월남댁 전갈 목이 잠겨 아파라

한 바가지 보리밥도 찬물 말아 먹던 속을,
종일토록 김쌈질로 꽃물 들던 무릎까지
타는 논 동이 물 붓듯 알약으로 달래더니

팔 다친 먹감나무 살평상에 자리 갈자
'세월 이길 장사 없다, 몸이 먼저 말한다'던
그 말씀 씨방 터지듯 가슴 귀를 맴돌고

물결치는 일흔다섯 지붕 낮은 누님네 집
금방 쓴 듯 사락사락 대비 소리 정한 마당
봉선화 꽃등을 들고 도란대고 있네요

감국 향

추억은 옥빛 물결 찰랑대며 찾아왔다
문득 만난 감국 향을 차마 밟고 가지 못해
가던 길 멈추고 서자 돌아뵈는 유년의 길

그래 너는 내 신랑, 나는 네 색시 할게
사금파리 그릇 위에 꽃잎 따 상을 차려
자기야, 꽃지짐 어때? 맛있으면 뽀뽀해

일흔 넘은 누님은 그게 왈칵 생각나서
노오란 꽃 한 송이 꺾어 들고 볼 비비자
예순 해 저쪽 세월이 곰실곰실 살갑다

가야 할 길도 이제 노을 젖은 고개 하나
꽃 앞에 무구로 선 마음은 화창한 봄
그 잠시 쉬었다 가도 늦지 않을 여정을

밀감

골목길 굽이돌아
"밀감이요오, 떠리미!"

305호 진이 엄마
오름 타는 목청을

아직도 부끄럼 묻어
노을물로
헹군다

북천역

메시지를 톡톡 쳤다, '무궁화로 갑니다'
북천에 기별 닿아 분홍 꽃물 젖은 대답
"오이소, 확 피었습니다. 기다리고 있어요"

마음 먼저 보내 놓고 간이역은 건너뛰며
지나온 생의 레일 잠시 잠깐 돌아도 보며
북천행 하얀 그리움 억새꽃이 피는 차창

만나자 정은 익어 한 갑년도 밀쳐 두고
메밀꽃 지짐 위에 정도 한 술 덤을 얹어
가얏고 천 년의 가락 열두 줄로 푸는 꽃길

비토섬

투박한 가을 방언 석화 까는 노파의 손

쪼시게에 생을 맡긴 생도 이제 썰물인가

이마엔 깊은 주름살 버짐 꽃이 피는 난전

토끼 떠난 섬이지만 설화 아직 살아 있어

영생의 간을 찾는 현대판 별주부들

생굴에 막걸리 한 잔 맛만 보고 떠났다

봄빛 찾기

숙취를 씻어내고 새벽 길 막 나서자
천 갈래 바람 가닥 꽃샘으로 떨고 있던
산수유 매몰찬 꽃눈 눈물 그렁 반기다

평생에 한 번뿐인 첫 만남의 기억 한 점
얼마나 기다렸으면 눈물까지 흘렸을까
지난밤 눈비를 맞고 새도록 밖에 서서

아늑한 잠

잠의 강 앞에 서면 나는 늘 비장해진다
여명의 포구까지 가야 할 조각배여
강물은 새도록 울며 갈길 거듭 확인한다

바람길 소용돌이 거쳐야 할 물목 앞에
조각배 띄워 놓고 태평으로 잠을 자는
몸이여 안녕하신가, 멀미까지 밀어내며

그런데 미안하다, 코를 골며 자는 날은
아직도 부리지 못한 등짐이 무겁지만
새소리 아침을 여는 도강의 꿈을 꾼다

진달래 꽃불

인진쑥 보얀 속살 상여 소리 밟고 간다
포클레인 지나간, 봄 향기를 캐던 밭둑
민들레 노란 꽃동전 징검돌이 환한 집

한사코 가지 잡고 놓지 않던 떡갈잎을
됐다 이젠 손 놓아라 바람이 와 안아 주자
다한 줄 제 목숨 이미 알고 지는 만장 한 잎

떨칠 것 다 떨치고 차라리 흙 속에 눕는
이승의 연 다져 밟아 산역山役을 마감한다
화르르 진달래 꽃불 하마 지핀 산비알

북지장사北地藏寺

등 굽은 소나무 법문 읽는 도량에 들자
몇 겹 속옷 껴입고도 살을 에는 송곳 한기
정의 끈 떼어야 한다, 명부전 앞에 섰다

네핌질에 망치질로 생을 욱여 담금질한,
가질로 빛나는 방짜 무쇠 팔뚝 그대 이름
이제는 다 지워야 할, 저문 날의 기억들

불꽃에 이름이 타자 등 돌리는 종소리
목이 쉰 직박구리 산문을 나서는데
비슬산 능선을 밟고 낮달 벌써 기다리고

산을 듣다
— 어느 음악회에서

노래로 산을 데려와 객석은 산이 된다
물소리 새소리 모금모금 마시면서
눈 맑은 사슴 한 마리 싸리순을 뜯고 있는

볕 도타운 골짜기엔 꽃 피워 길을 트고
들숨 겨운 오름에서 메아리로 추스르며
이내를 치마 두르고 산은 나를 이끌다

노래의 마루에 올라 가슴 열며 듣노라니
잊고 있던 눈물 한 줄 구름이 와 닦고 간다
한순간,
억수 소나기
우레 속에
나는 없고

꽃잔치

꽃대궐 시끌벅적
잔치 준비 한창이다

이랴아! 쉬지 말고 연자방아 돌리라 보자 떡쇠놈은 멍
석 깔고 떡칠 준비 하였느냐 수유댁 꽃물 풀어 소쿠리
층층 찌지미요 명자년은 진달래랑 동글납작 화전이다
청매화 벌떼 불러 바깥손님 맞을 준비 목련댁은 오지랖
넓어 여기 펄럭 저기 펑펑 버선발이 모자란다 앵두 살구
는 동풍에 향기 놓아 손님 초대 바쁘구나 홍매 아씨 연
지곤지 몸단장 막 끝내자 개나리 울을 치고 바람개비 돌
리면 하낫둘 민들레 어린이 재잘재잘 몰려들고

꽃샘이 제아무리 시새도 이 잔치판은 못 엎어

청도를 지나며

복사꽃 산비알을 치마 두른 봄 한 철
햇빛은 어쩌자고 종일토록 떠나지 않나
능소화 뚝뚝 지는 날 수밀도가 익고 있다

붉나무 단풍물 든 산굽이를 돌아들면
내닫던 황소 한 마리 고삐 잡혀 멈춰 서듯
추어탕 끓는 가마솥 기다리는 청도역전

청도는 아무래도 가을이 제철이다
골짜기 어딜 가나 반시처럼 정은 익어
붉고도 넉넉한 인심 잔에 담아 권하는

관동리 일지
— 무서리 찾아온 날

관동리 산비알을 무서리가 찾아온 날
아낙은 짚단 들고 배춧단을 묶고 있다
밭머리 화살나무는 고추장을 담그고

질 것 다 지고 대봉감 등을 내 건
새털구름 차일 친 하늘 맑은 날을 잡아
배춧단 쩍쩍 빠개어 김장독을 채울 테다

대장은 틀림없이 씨암탉을 잡을 것
서투른 농사일에 땀만 지뿍 흘렸지만
민낯에 굳은살 밴 손 집사람을 챙기지

통통통 경운기 소리 돌각담을 휘돌아
공룡알* 몇 개 싣고 외양간엘 가겠다
일 끝낸 아낙의 눈에 살랑 이는 웃음 결

* 공룡알 : 짚단 뭉치, 곤포 사일리지

61

가을 쑥뜸

여명의 새벽은 가고 꿈도 주춤 뒷걸음칠 때
관절은 마디마디 송곳으로 뼈를 긁어
저무는 생의 무릎을 쑥뜸 뜨며 넘는 은발

내 몸에 바람이 들 듯 숲도 이제 단풍이다
우듬지에 서성대는 가을볕을 바라보며
어금니 질끈 깨문다, 불의 시침施鍼 아뜩한 날

무량의 별무리들 뼈가 되어 일어서면
겨울보다 먼저 오는 절박한 말씀들이
시간의 무릎을 세워 빈 여백을 채울 것

4 부

얼음꽃
— 시인 11

시린 하늘 갉아먹은
새벽달 입덧 자국

꽃이듯 칼날이듯
무지개로 오신 햇살

능선을
맨발로 걷는
뜨거운
바람 소리

가고파
— 시인 12

가고파 그 바닷물
눈 감아도 잊지 못한

북만주
눈보라 속
거기서도
간절했던

바람 속
헤쳐 온 날들
그 오욕을
뉘
알리

불의 화공
— 시인 15

사라진 계절 불러 영성을 깨우는 그대

성좌의 은유까지
판독하는 불의 화공

못보다
깊은 액자에
큰 법문*을 피우는 이

* 정해송 시인의 「연꽃」 3연 종장의 일부

가을 강을 건너는
— 시인 16

시간을 채질하며

뜨겁게 부서져도

바코드로 뜨는 달빛

무소뿔의 전의 같은

한목숨

시로 추슬러

가을 강을 건너는

노산에 들면
— 박재삼 시인께

반상盤上에 피워 놓은
노을빛
시의 행마

슬픔도
그리움도
두루 녹아
한 판이고나

이승의
골목을 아직
진양조로
쓸고 있다

광부*의 노래

새도록 절망의 켜 톺아 낸 말의 향기
천 켜 만 켜 톺을수록 넋은 맑아 이슬이네
예언의 구릿빛 언어 채광하는 믿음 앞에

매몰된 검은 시간 숨 막히는 막장에서
씨들리스 포도 향보다 살라스의 노래보다
네루다, 뜨거운 꽃비** 같은, 시를 캐는 마음들

시로써 찾은 사랑 죽음도 두렵지 않아
가슴엔 레몬의 달빛, 풀꽃들을 피우며
구원의 길을 찾았네, 가족의 이름으로

경전經典보다 더 강한 믿음으로 피운 시여
피 흘리는 절규로 목숨을 살라 부른 노래
그 노래 하늘에 닿아 천 길 어둠 뚫었어라

---

* 광부 : 2010년 칠레 대지진의 여파로 붕괴된 지하 700m 구리 탄광에서
  69일 만에 구조된 광부들
** 뜨거운 꽃비 : 네루다의 시 「절망의 노래」 중에서 떠옴.

하산

소일을
산에 부린
평상복의 꽃구경도

능소화
지는 멀미
앓고 있는 뼈 울음도

돌부리
피하지 못해
절며 절며 가는 굽이

슬픔의 속도

띠 갑장 김승강은 슬픔이 산만 하여

매미 소리 체인에 감고 페달을 밟을 때면

후두두

비 오는 소리

강물 한 줄

끌고 가

등걸로 앉아

그제 온 시집 한 권 숲에 앉아 읽노라니
포르르 박새 한 마리 내 무릎에 날아내려
등걸로 알았는지 콕, 장딴지를 쪼는 거다

나무인 척 꿈쩍 않고 그냥 가만있자니
이번엔 책 위로 날아와 글자 콕콕 쪼아댄다
이 시각 이런 만남을 이미 알고 있었던 듯

저는 사람 되고 나는 또 새가 되어
시집을 사이 두고 이 잠깐 만나려고
몇 광년 우주를 돌아 지구까지 온 걸까

매운 콧등 시큰하여 눈 지그시 감았다 뜨니
새, 자취 없고 시집 또한 그대로인데
내 속엔 푸른 새순들 숨 가쁘게 돋는다

거룩한 현장

이슬 턴
방사放射의 덫
비린 현장
배경으로

부전나비 물빛 날개
하늘길을 열고 있다

보시로
몸뚱인 주고
꽃잎처럼
향기롭게

가고파 노래비를 닦으며

열차가 닿을 때마다 반갑다 손을 잡던
가고파 정겨운 가락 걸음도 가뿐했거늘
내 고향 남쪽 바다의 역사 지금 앓고 있다

찬 얼음 센 바람 속 우리 얼을 지켜 오신
오로지 나라 사랑 큰 나무로 사셨던 분
그분 뜻 페인트 뿌려 이리 누가 황칠했나

역사는 알고 있다, 노래비를 세운 광장
만행의 얼룩 결국 시민들 웃음거리
울면서 지워낸 자국, 물소리를 담는다

하여 한데 얼려 알몸으로 살아도 좋을
그리움 노를 젓는 보고픈 물새 나라
가고파 노래의 고향 마산은 앓고 있다

망중한
— 싸움소

지금은 잠시 쉰다, 힘든 날이 많았다
싸움에 길들여진 뿔이며 발굽까지
지금은 쉬어야 할 때 결전의 내일을 위해

기선 제압은 눈싸움을 이기는 것
고수는 눈 감고도 안광에 살을 꽂지
힘 실은 어깨 뿔이야 하수나 쓰는 전술

무릎을 꿇는 날은 죽음만이 있을 뿐
운명은 나를 끌고 승리만을 가르쳤다
반추할 추억은 금물, 쉬는 것이 최상책

다솔사

봉명산 숲에 들면
경소리도
단풍 들어

안심료安心寮* 툇마루에 볕살들 모여 앉아

등신불
소신의 내력
탁본으로
읽고 있다

* 안심요 : 사천군 곤명면 다솔사의 요사채. 만해 한용운의 만당 근거지이며
작가 김동리 선생의「등신불」의 산실이기도 하다.

봉림산 가는 길

탕 타앙-
총소리

산의 혈을 찢고 있다

뼛속까지 납이 박힌
비린 통증
기인
떨림

산山까치
둥지에 박혀
가슴 콩콩
앓는 주말

진경대사 환생하면

목탁 놓고 뒷짐 진 채
골프장을 기웃댈까

클레이 총소리에
금강경을 묻을까

꽁꽁 언
사바의 거리
절뚝이며 헤맬까

다시 오리, 옥빛으로
— 고 김보안 시인에게

안개 낀 숲을 열고 한 사내가 걸어갔다
부표처럼 흔들리던 생을 이제 마감하고
빛살로 걸러낸 노래 한 잔 낮술 그도 두고

걸걸한 목소리로 시작을 다짐하던
물의 노래 푸른 가락 그 흐름도 은빛인데
그대는 천성산 어디 철쭉으로 피겠는가

예순에 아홉이면 그 아직 청춘인 걸
백화정 난간에 앉아 다시 오마 다짐터니
못다 한 정이랑 노래 탑으로나 쌓겠는가

빗속에 바람 속에 문득 문득 들려오는
이승의 젖은 소리 그 모두 재가 되어
밝는 날 영롱한 이슬 옥빛으로 오겠는가

휘파람새

호두만 한 목젖에 코가 붉은 섭이 아재

철쭉꽃 하얗게 핀 오월 한티 재를 넘어

뻐꾸기 목이 쉰 울음 등에 지고 떠났다

지아비 지고 떠난 뻐꾹 울음 선소리가

먼 공산 메아리로 그 아낙을 데려간 후

한밤*엔 휘파람새들 빈집들을 옷 떠난다

* 한밤 : 군위군 부계면 대율리

5 부

귀울음

시한부
목숨과 바꾼
금방 녹을
시간 앞에

노래로 숲을 태우는
저 불청객
누구인가

귓속을
풀무질하는
대장간의
저 사내

잎의 길

소리에 소리를 감아 우듬지로 퍼 올려

서로 다른 지문으로 한여름을 달구더니

그 잎들

바람길 따라

한뎃잠을
설치다

곡강曲江에서

새들도 발목 저린 새벽 강을 빗질하며
찰방대는 별을 건져 우듬지에 걸어 놓고
벼랑에 온몸을 던져 정화의 꿈 수유하는

물비늘 퍼덕이는 아침 강을 이제 막 건너
밀감 빛 햇살이 그물코를 뜨는 나루
삐거덕, 관절을 앓는 목선 한 잎 정박 중

그리움도 저물녘엔 곡강에 와 깃을 치나
마전댁을 잊지 못해 둥지 튼 왜가리 한 쌍
사랑을 부리로 물어 풍경화를 그리며

귀농일지
— 시인의 텃밭

관동리 산비알을 무서리가 지나가자

입덧하는 배추랑
맨 종아리 조선무

어쩌자 햇살은 종일
밭머릴 서성대는지

질 것 다 지고
대봉감도 등을 내 건

새털구름 차일 친
하늘을 배경으로

귀농한 고추잠자리 그도 잠시 앉아본다

즐거운 만찬

마당에 심은 배추 상한 잎이 보였다
이 필시 배추흰나비 애벌레 짓이렷다
살의를 눈치챘을까,
오리무중
그 행방

밤중에 수색을 했다, 이럴 수가, 민달팽이
그 굼뜬 걸음으로 몇 시간을 기어 와서
시식들 하시고 있다,
울컥했다,
찡한 만남

저도에서

날마다 연륙교는 저도로 떠나고 있다
사철쑥 다북다북 볕 도타운 비알 돌아
총각靑角 향 비췻빛 물결 길을 여는 섬 하나

그대 잊지 마시게, 저 한 폭의 수채화를
카페의 창을 열면 테라스에 닿는 물결
피아노 잔잔한 선율 달빛* 건반 출렁대는

못 잊어 차마 못 잊어 그리움의 현을 켜면
아기별 떼로 내려와 도란도란 발 씻으며
한 생애 헤매던 오름 펼쳐 놓고 맞느니

* 달빛 : 드뷔시의 피아노곡
** 못 잊어 차마 못 잊어 : 김소월의 시 「접동새」에서 따옴.

호명呼名
— 4.3 평화공원

1.
어둠에 묻힌 세월 한 올 한 올 깨워내는

낮으나 당차 야문 눈물 마른 목소리

마침내 도랑물 되어 봇물처럼 터지고

2.
아직도 못 거둔 주검들이 있음일까

까마귀 비명碑銘을 돌며 반세기를 호명했을

"아아악, 아악, 악, 악, 악"

먹먹한 가슴 친다

바람 타는 섬

덩굴 가시 바위 서리 꽃소식 까칠하다

　방가지똥 조뱅이에 인동초 갯무 꽃 차려 놓고 덩굴딸
기 찔레 덩굴 엉겅퀴 앞세운 애월, 수평선 끌어당겨 활
짝 핀 아라홍련 한 송이 금방 쑤욱 뽑아 올리자 장끼란
놈 때맞춰 목청껏 꾸엉꾸엉 추임 넣어 여는 아침, 놀라
잠 깬 자동차 떼 순식간에 뛰쳐나와 섬의 동맥 정맥 실
핏줄까지 구석구석 들쑤시고 비행기는 하늘 낮다 제비
날듯 휘익휘익 내외국인 물어 나르며 섬 좁다 부산 떨어
내는데 개민들레 돈 욕심 없다며 노란 꽃동전을 길가에
좌르르좌르르 무더기무더기 뿌려대고 돈나무 하얀 손사
래 생몸살을 앓는 5월, 곶자왈 미나리아재비 금새우란
잔뜩 피워 놓고 나 몰라라 바람 통문 지키고 있는.

　난데서
　들온 회오리
　섬을 온통 휘젓는다

태산 일출

태산 일출 말도 마오 사람 산이 따로 없소

부스러진 햇살 불씨 스치듯이 지나가자 검은 구름 갈
퀴 세워 붕새인 양 휘달려 와 날려가지 않으려고 꼼작
않고 바위에 다닥다닥 붙어 기를 쓰는 것이 영락없는 따
개비인데 해 뜨자 그 따개비 우르르 인민복 벗어들고 가
창오리 떼 지어 날듯 삽시간에 산을 화악 덮어요

몰라라,
일사후퇴를

밀려드는 유커들

시롱 타령

시롱시롱 시롱매미 타령 한 번 뽑습니다

감나무 꿀밤나무 세상인심 쓰고 시다 시롱 시롱 세월
호 거짓 시롱 팽목항에 삼킨 시롱 입만 열면 시롱 넘쳐
난다 시롱 시롱 고시학원 시롱 대학 졸업 시롱 하나마나
시롱 백수 왕국 시롱 정규직 철밥통에 비정규직 시롱 한
다 자나 깨나 시롱 국민 팔아 시롱 입에 발린 애국 시롱
재벌 앞에 아부 시롱 금배지가 시롱 허구한 날 시롱 허
장성세하다가도 시롱 시롱 좌편향이 시롱 어쩔시구 시
롱 시롱 뜬금없이 시롱 역사 국정 시롱시롱 시동 거는
보수 시롱 기름 붓는 진보 시롱 색깔론에 멍든 민심 시
롱 이 세월이 시롱 어딜 갈꼬 시 롱 시 롱……

건넛산 송골매 떴지만 시롱 아직 못 접겠소

밀양密陽
— 부북면 위양리 정자에서

까막눈이라 캐서 눈치도 봉산 줄 아요
무지랭이 별나지만 인심구걸 야박타 마소
단추를 처음부터 잘못 끼워 그 고생을 안 했는교

불땡빛도 장맛비도 엄동설한 칼바람도 까짓거 안 무섭
어 고압선 지나가면 백혈병 걸린다 암 걸린다 시끄러운
소리에 겨릅처럼 말라 골골거리다 죽는다 어쩌구 카지
마는 그거사 안 겪어봐서 모리고 보상금 많이 받아 낼라
꼬 할마시들이 생쇼를 한다 빨갱이 앞잡이다 캐도 다 참
았소 우리사 경제고 머시고 다 몰라요 억울한 거는 한
가지 자존심을 짓밟힌 거 그기 분하고 억울했어요 이팝
꽃 꽃시절도 문전옥답 풍년가도 죽기 작정 지켰소만 이
기 참말로 하늘 뜻은 아닐끼요

철탑이 밤낮없이 저리 울며 고갤 넘는데
한 번 다친 마음이라 쉬 아물 수 있겠소만
저것도 사람들 위한 일이니 인제는 다 참아요

시에미밥풀꽃

누가 너를 보고 며느리밥풀이라 하였느냐
혀에 묻은 밥풀 두 알 그 무슨 내력 있어
며느리, 며느리밥풀꽃 혀를 차며 뱉는 거냐

오빠는 나랑 살지 어머님 남편 아니잖아요? 저희 집
앞으론 절대 오지 마세요 손자 손녀 업어 키워 허리 굽
고 삭신 아프니 병원 가자 약 사 달라 끙끙 훌쩍훌쩍 오
빠한테 바가지요 시누이한텐 늬 올케 독하다 어쩌구 일
러바치지 마시고 내려가세요 아휴 정말 짜증 나 아버님
제사는 오빠랑 알아서 지낼 테니 왔다갔다 차비들일 필
요 없습니다 청상에 남매 키우느라 새빠지게 고생한 건
어머님 팔자지 제 팔자 아니잖아요 당신 아들은 이제부
터 제게 맡기고 보따리 다 싸놓았으니 미적대지 말고 오
빠 오기 전에 지금 바로 떠나세요

고마리 꽃 숲에서 뒤 보는 밑씻개야
며느리 거시기는 어떻고 배꼽은 또 어떻더냐. 털릴 것
다 털리고 시에미 부옇게 쫓겨 왔으니 이제부터 저 꽃
보거든
시에미, 시에미밥풀꽃 혀를 차며 불러라

관동 똥다리
— 박태산柏汰山 사설 · 41

니 에미는 거진기라, 똥다리 밑에 사는기라

암만 아니라 해도 박박 대들며 아니라 해도 누나는 한 사코 니 엄만 관동 똥다리 밑에 거지들이랑 산다기에 묻어 둔 배추 뿌리에 도토리랑 우그러진 양재기를 보따리에 싸매 지고 삽짝을 나서는데 갈 길이 막막하여 잠시 잠깐 주춤 서 있자 이 무슨 벼락 치는 소리, 처나처나 이 눔 자식 내가 니 엄마지 니 엄매가 어데 있다꼬 가기는 어데 간다꼬

이눔아, 이래 어리석어빠져 세상 우째 살라카노

94

지게대학

― 박태산拍汰山 사설 · 42

입학을 축하한다,
동문수학 다시 보자

　십 리 통학길에 고무신은 자가용 지게질은 기초 학습
폭신한 갈비 방석에 책걸상도 소용없지 새소리에 바람
소리 피는 꽃이 선생이요 교과서는 박태산 낫과 갈퀸 부
교재 가팔막은 숨을 조절 내리막길 뛰지 말기 신세 한탄
하지 말고 부모 공경 잊지 마라 신문 읽기 보충학습 에
이비씨는 비료포로 참을 인忍 한 글자를 가슴 단디 새겨
두고 과욕은 금물이니 지 푼수를 모르면 리기붕이 되고
만다

　달포만 갈빗짐* 지면 우등생이 다 되느니

* 갈빗짐 : '솔가리 짐'의 경상도 방언

95

곡강 통신 1
— 밀양시 초동면 검암리에서

역마살 끝내려나, 나박실*에 뿌리내려
삽질도 서툰 그대 귀농을 결심하자
노을로 타는 강물이 가던 길을 멈추다

뜨겁게 앓던 여름 태풍까지 몰아칠 땐
흘린 땀 먹고 자란 과수들과 밤 지샐까
키 자란 쑥부쟁이가 강 언덕에 머리 풀어

날숨을 휘어 꺾어 올려야 할 악보처럼
생은 굽이진 골목 어딜 가나 가파른 삶
트럼펫 서툰 가락에 까치밥이 익는가

* 나박실 : 충북 청원군 낭성면 지산리 산속에 있는 작은 마을

곡강 통신 2

다시 곡강에 서자
철새도 등을 돌려

왜가리 어딜 갔나,
짓다 만 둥지 두고

강변엔
자전거 길만
쑥대밭을 달리고 있다

달빛 팬션

사과 향 붉게 익은 시몽원에 달이 뜨면
방전된 옛사랑이 달빛 팬션 찾아간다
먼저 온 소슬바람이 사래 쳐도 당당하게

추억은 꿈결인 것 새떼처럼 왔다 가는
억새꽃 머리엔 인 한 사내가 가는 길에
가을이 먼저 와 있었다, 갈 길 바쁜 한나절

해설

가슴을 뚜드려 패는 '웃으면 덧니 하얀 누이'의 강력한 심상

호 병 탁(시인 · 문학평론가)

1.

공영해의 시집 안에는 수많은 꽃들이 향기를 뿜고 있다. 시 제목만 일별해도 노랑제비꽃, 양귀비, 봄까치꽃, 낚시제비꽃, 참꽃마리, 별꽃, 해국, 수국, 메꽃, 아카시아, 봉선화, 감국, 진달래, 얼음꽃, 시에미밥풀꽃 등이 등장한다. 내 짧은 식물학 지식 탓이겠지만 이 중에는 처음 이름을 들어보는 꽃도 있다. 함께 열거하지는 않았지만 "히어리 노오란 꽃그늘"이라는 것을 보아 '히어리'도 꽃 이름임에 틀림없다.

꽃을 싫어할 사람이 세상에 어디 있으랴마는 특별히 시인에게는 무슨 꽃이든지 만나는 꽃마다 "새롭고 향기"롭다.(『시인의 말』) 그는 이 글에서 꽃은 바로 자신의 "시이며 사랑"이라고 말한다. 무슨 일이 있었는지는 모르겠지만 그는 "생의 덤을 얻"었다. 시인은 그 구체적 사연과 소회는 가슴에 묻어둔다. 그러나 그 후부터 만나는 꽃마다 "더 절실한 아름다움"으로 다가오고, "생활의 일부"가 되고 있다.

덧없이 세월이 흐르고 계절도 바뀐다. 그 계절 따라 속절없이 많은 꽃이 피고 진다. 삶의 일부가 되어 시인의 가슴에 "내재율"로 함께 사는 꽃 몇을 우선 살펴본다.

이 봄 다 가기 전 너를 찾고 말리라
날마다 수소문하며 골짜기를 누벼왔다.
눈웃음 생생한 기억 노랑 적삼 여며 입은

진달래 분홍치마 펄럭이는 팔부 능선
송이가 살다간 물 한 방울 없는 동네
그쯤에 너는 있어라, 비가 되어 찾으마

간절히 그리울 땐 꿈길로도 온다는데
꽃샘의 등을 타고 단숨에 와야 한다
내 사랑 노랑제비꽃, 한 생의 은유 같은
　　　　　　　　　　　　　　　－「노랑제비꽃」 전문

시집에 실린 첫 번째 시다. 원래 제비꽃은 강남 갔던 제비가 돌아올 때쯤 꽃이 피기 때문에 붙여진 이름으로 '노랑제비꽃'은 제비꽃인 건 같지만, 흔히 보는 자주색이 아니라 말 그대로 노란색의 제비꽃이란 말이 된다. 제비

꽃을 오랑캐꽃이라고 하듯 이 꽃을 노랑오랑캐꽃이라고
도 부른다.

첫 연에서 화자는 "이 봄 다 가기 전"에 "노랑 적삼 여
며 입은" 이 꽃을 찾기 위해 "날마다 수소문하며 골짜기
를 누"비고 다닌다. 왜 골짜기를 누비고 찾아다녀야만
하는가. 노랑제비꽃은 자주제비꽃처럼 쉽게 발견되지
않는다. 우리나라 곳곳에서 자라는 여러해살이풀이지만
여간해서 눈에 띄지 않는다. 수소문까지 하며 찾고 있는
이 꽃은 화자에게 "눈웃음 생생한 기억"으로 남아있을
뿐이다.

둘째 연에서 천지에 가득한 봄은 "팔부 능선"에 "진달
래 분홍치마"를 펄럭이게 하고 있다. 그런데 이렇게 좋
은 봄이지만 "송이가 살다간" 동네는 "물 한 방울 없는
동네"다. 세상에 "물 한 방울 없는 동네"는 존재하지 않
는다. 어찌된 일인가. 이는 송이가 '사는' 동네가 아니라
송이가 살다'간' 동네이기 때문이다. '간'이라는 단음절의
어휘 하나는 시의 물꼬를 결정적으로 틀어버린다. "송이
가 살다간" 동네, 즉 송이가 살다 '떠난' 동네, 따라서 송
이가 없는 동네는 화자에게 아무런 의미를 갖지 못하는
메마르기만 한 동네에 불과한 것이다. 화자는 "비가 되
어 찾"겠다고 다짐한다. 비는 산의 능선에도, 계곡에도,
숲에도, 바위에도 내린다. 산속 어딘가 깊이 숨어있어도
하늘에서 쏟아지는 비에는 몸을 감출 길이 없다. 여간해
서 눈에 띄지 않는 노랑제비꽃도 마찬가지다. 비가 되어

서라도 떠나간 송이를 찾아내고자 하는 화자의 애절한 사랑이 지극하다. 여기서 우리는 노랑 적삼을 입고 눈웃음치는 노랑제비꽃이 바로 화자가 애타게 찾고 있는 송이라는 사실을 알게 된다.

셋째 연이자 마지막 연에서 화자는 "간절히 그리울 땐 꿈길로도 온다"며 그렇게라도 제발 "단숨에" 돌아왔으면 하고 강한 소망을 피력한다. 그리고 다시 한 번 "내 사랑 노랑제비꽃"이라고 자신의 사랑을 재확인한다. 그런데 앞서 확인한 것처럼 '송이는 노랑제비꽃'이다. 즉 노랑제비꽃은 바로 송이의 은유가 되는 것이다. 그 은유는 결코 '한 때'의 은유가 아니다. "한 생", 즉 '한평생'의 은유가 된다. 짙은 사랑의 향기가 여실하다.

2.

작년에도 만났다,
밀양 어디 얼음골

웃으면 덧니 하얀
누이의
머리 꽃핀

침산동

검은 골목길
국수집이 환하던

– 「참꽃마리」 전문

  화자는 이 꽃을 "밀양 어디 얼음골"에서 "작년에도 만
났다"고 시의 문을 열고 있다. 시인의 말마따나 그때도
이 꽃은 시인에게 '새롭고 향기롭게' 다가왔을 것이다.
연한 푸른색의 작은 이 꽃은 그야말로 얼음처럼 차고 깨
끗한 느낌을 준다. '얼음골'에서 만났다는 말이 심상치
않다.

  시인은 이 꽃을 간결하게 묘사한다. 그는 '참꽃마리'를
보며 "웃으면 덧니 하얀" 누이동생을 떠올린다. 생각만
해도 해맑고 귀여운 모습이다. 그리하여 누이가 "침산동
검은 골목길에 들어서면" 골목의 컴컴한 "국수집"까지
다 환해진다. 여기서 끝나는 게 아니다. 이 꽃은 그 귀엽
기만 한 여동생의 머리에 꽂힌 작고 앙증맞은 "꽃핀"처
럼 예쁘다. 선명한 심상이 돋보이는 완벽한 묘사다.

  시인은 가능하면 자기가 사용하는 언어에 사전적 의미
에 추가하여 뜻밖의 의미, 어렴풋이 느끼기는 했지만 꼭
집어 말할 수 없던 의미, 합리성과 거리가 먼 환상적 의
미를 의식적으로 담으려 추구한다. 즉 언어의 '함축적'
사용이다. 함축성은 그 말과 관련한 개인적 경험이 재현
될 때 성립된다. 우리의 기억 속에 되살아날 개인적 경
험내용은 다양할 것이다. 시인은 이미 앞의 시에서 노랑

제비꽃을 "노랑 적삼 입은" "눈웃음 생생한" 여인으로 기억하고 있다. 시인은 '노랑 적삼'과 '생생한 눈웃음'을 통해 우리의 감각적 경험을 되살리려고 한다. 이 시에서는 참꽃마리가 "웃으면 덧니 하얀/ 누이의/ 머리꽃핀"으로 기억되어 개인적 경험이 되살아나고 있다. 결국 누이는 이 꽃과 등가를 갖게 된다. 하기야 이 꽃도 누이처럼 귀엽고 해맑은 꽃이다. '머리꽃핀'처럼 작고 앙증맞은 꽃이다. 시인은 우리의 감각적 지각을 되살리기 위해 이처럼 그 모습을 선명한 심상으로 묘사하려 애쓰고 있는 것이다.

묘사의 특징은 구체적이고 감각적이며 생동감을 주는 데 있다. 그러나 많은 시인들에게 아름답게 문장을 꾸며야 한다는 어떤 강박관념이 있는 것 또한 사실이다. 또한 자신의 감정을 여실하게 독자에게 전달하려는 욕망을 가지고 있는 것도 사실이다. 독서행위에 의한 두 의식의 동화를 통하여 슬픔과 기쁨의 감정을 고스란히 나누고자 하는 것이다. 이런 욕망은 자칫 시인들로 하여금 번쇄한 수식어를 자꾸 견인하게 한다. 예로 꽃 앞에는 '맑고 깨끗한'이란 수식어를, 누이 앞에는 '귀엽고 해맑은'과 같은 수식어를 붙이고 싶은 것이다. 실상 이런 말은 평을 쓰며 필자가 독자의 이해를 돕기 위해 동원하고 있는 언어일 뿐이다. 그러나 막상 시인 자신은 작품에서 이런 수식어를 철저히 외면하고 있다.

나는 앞에서 시인은 이 꽃을 '간결하게' 묘사하고 있다고 말했다. 보는 것처럼 작품에는 '외롭게'니 '쓸쓸하게'니 혹은 '홀로'와 같이 감정이 내포된 말은 전혀 없다. 꽃을 수식하는 말도 전혀 없다. 아예 '꽃'이라는 말 자체가 없다. 시 제목이 '참꽃마리'가 아니라면 그리고 이것이 꽃 이름이라는 사실을 모른다면 무슨 내용인지도 모를 지경이다. 시인은 '감상적 허위sentimentalism'에 빠지기 쉬운 일체의 언어를 배제하고 있다. 그 결과 문장은 오히려 격이 높아지고 내용 또한 군더더기 없이 깔끔해졌다. 웃을 때면 하얀 덧니가 드러나는 '귀여운 누이'를 우리 모두가 보고 싶다. 그리고 그 누이가 꽂은 '머리 꽃핀' 같은 참꽃마리도 보고 싶다. 우리의 마음을 이처럼 움직이게 했다면 시는 성공한 것이다.

3.

우연인지는 몰라도 필자가 선택하여 글을 쓰는 꽃들—그나마 다행히 내 얄팍한 식물 상식으로도 알고 있는—은 아주 작은 꽃들이다. 별꽃 또한 쭈그리고 앉아서 고개를 숙여야 제대로 볼 수 있는 작고 작은 꽃이다.

　　그제 내린 봄비에도 기름때 다 못 씻은,

　　주차장 볕살자리 별꽃의 만행萬行을 본다

남루를 그냥 걸친 채 젖니 살짝 내미는

모두가 외면하는 척박한 땅이라지만

하이얀 말씀의 향기 넘치는 송이마다

화엄을 남 먼저 피워 봄을 여는 경전이여
—「별꽃 경전」 전문

별꽃은 주로 밭둑이나 길가에 피어나는 두해살이 야
생화로, 우리나라 양지 혹은 반그늘 어디서나 잘 자라
는 풀이다. 하얀 꽃잎은 다섯 개가 각각 끝이 갈라져 열
개처럼 보인다. 이름 그대로 밤하늘에 깜빡이는 별을
닮은 예쁜 꽃이다. 어디서나 잘 자라는 풀이어서 그런
지 놀랍게도 이 시에서는 이 꽃이 산이나 들이 아닌 "주
차장"에서 피어나고 있다. 봄비가 뿌려졌건만 그럼에도
"기름때 다 못 씻은" 주차장에서 말이다. 시인은 이를
"별꽃의 만행萬行"으로 본다. 어찌 보면 우리는 모두가
수행을 하고 있다고 해도 과언이 아니다. 출가하여 무
언의 면벽面壁수행을 하는 사람도 있지만 학생이 교실에
서 공부하는 것이나, 농부가 논두렁에서 풀을 깎는 거
나, 우리가 책상 앞에서 끙끙대며 글을 쓰는 것도 일종

의 수행이다. 이런 모든 수행을 통틀어서 일컫는 말이 '만행'이다.

시인은 앞에서 '노랑 적삼 입고 눈웃음치는 여인'을 노랑제비꽃으로, '웃으면 덧니가 하얗게 드러나는 누이'를 참꽃마리로 비유하여 감각적으로 꽃을 묘사했다. 그런데 이번에는 주차장에 핀 별꽃이 수행의 모든 법을 말하는 '만행'으로 묘사되고 있다. 주제가 무겁게 느껴진다. 그러나 역시 시인은 시인이다. 이 꽃에게도 아름다운 심상이 부여된다.

    남루를 그냥 걸친 채 젖니 살짝 내미는

이 감각적인 문장이 없었더라면 이 시는 정말 무겁고 딱딱한 시가 될 뻔했다. 주차장 구석에서 자라난 풀이 얼마나 화려한 옷을 입을 수 있을 것인가. 별꽃을 올려놓고 있는 풀잎도 줄기도 인간의 소란과 분주함 때문에 후줄근한 '남루'가 될 수밖에는 없었을 것이다. 그럼에도 이 꽃은 "남루를 그냥 걸친 채" "젖니 살짝 내"밀며 웃고 있다. '젖니'라는 어휘가 특별히 눈에 띈다. 꽃은 이 젖니를 그냥 내미는 게 아니다. 수줍고 얌전하게 "살짝" 내밀고 있다.

시인의 눈은 밝기도 하다. 버들 같은 허리, 삼단 같은 머릿결, 백옥 같은 피부 등 수많은 말들이 아름다운 여자를 비유한다. '붉은 입술과 흰 이'를 뜻하는 '단순호치丹

脣皓齒'라는 말도 있다. 이말 역시 고금을 통해 고운 여인을 비유하는 대표적인 말 중 하나다. 시인 역시 '하얀 이'를 본다. 그러나 시인은 유독 이가 난 줄 곁에 겹으로 난, 배냇니를 제때에 뽑지 않아 생긴 귀엽기만 한 누이의 '덧니'를 본다. 이번에는 별꽃에서 아예 젖먹이 때 나서 아직 갈지 않은 배냇니 자체를 보고 있다. 바로 '젖니'다. 얼마나 작고 여린 이일 것인가. 시인의 눈이 밝기도 하다는 필자의 말에 모두가 동의할 것이다.

주차장은 바로 '바쁜' 인간이 만든 '바쁜' 자동차들이 들어오고 떠나는 장소다. 소음과 매연 탓에 살기에는 "모두가 외면하는 척박한 땅"이다. 그러나 별꽃은 이곳에서 "화엄을 남 먼저 피워 봄을' 열고 있다. 이런 사실에 작고 여린 이 꽃은 화자에게 "말씀의 향기"를 전하는 '경전'처럼 보인다. 그래서 시 제목도 '별꽃 경전'이 아니겠는가.

화엄은 여러 가지 수행, 즉 '만행을 하고 만덕을 쌓아 그 덕과德果를 장엄하게 하는 일'이라는 게 사전적 의미다. 화엄의 핵심은 '법계연기法界緣起'다. 즉, 모든 현상은 서로 의존하고, 서로를 받아들이고, 서로를 비추면서 끊임없이 흘러가는 장엄한 세계라는 것이다. 그리고 이를 사법계四法界, 십현연기十玄緣起, 육상六相 등으로 설명한다. 되게 복잡하다. 그러나 실상은 그 소리가 그 소리다. 그나마 필자의 마음을 끄는 것은 '십현문'이라고도 불리는 '십현연기' 중 일곱 번째인 '인다라망경계문因陀羅網境界門'이다. 제석帝釋. indra의 궁전에 걸려 있는 보석 그물의 마디마디에 있는 구슬이 끝없이 서로가 서로를 반사한다는 것이다. 즉 모든 현상은 서로가 서로를 끝없이 포용한다는 말이다. 눈, 코, 입, 귀는 다 다르게 생겼고 하는 역할도 다르다. 그러나 이것들은 각각 그 나름의 모양을 잃지 않고 원만하게 융합하고 어울려 하나의 얼굴이 된다. 소위 서로 막힘이 없는 '원융圓融'이다.

내가 별꽃이 보여주는 화엄에 대해 이처럼 관심을 두는 이유가 있다. 이는 바로 시인이 내적으로 강하게 부르짖고 있는 '생명 긍정' 사상의 곡절이 여기 있기 때문이다. 이 글 초입에서 언급했지만 시인은 "생의 덤"을 얻어 살고 있다. 시인은 그 구체적 사연을 함구하고 있지만 생의 덤을 얻고 나서부터 꽃들은 "더 절실한 아름다움"으로 다가왔고 "생활의 일부"가 되었다. 그 곡진한 연유와 해답이 바로 여기 있는 것이다.

모든 생명은 서로 생산자. 소비자. 분해자가 되어 관계를 갖고 살아간다. 세균이나 곰팡이 같은 미생물은 분해자다. 이들이 없다면 모든 전염병이 사라져 우선은 좋겠지만 얼마 지나지 않아 어느 것도 썩지 않는 지구는 온갖 배설물과 동식물의 시체로 뒤덮일 것이다. 더 심각한 일은 이 '위대한 분해자'가 없다면 모든 생물이 먹고 사는 녹색식물도 사라지는 것이다. 땅속에 있는 무기양분을 흡수해야만 식물이 사는데 이것은 바로 미생물이 온갖 것을 썩혀 땅속에 마련해 놓은 것이 아닌가. 분해자의 이 중요한 역할이 없다면 영양의 근원을 잃은 모든 생물은 끝장나고 지구는 죽은 별이 된다.

녹색식물은 광합성을 통하여 '위대한 생산자'의 역할을 성실히 수행한다. 모든 동물은 식물이 생산하는 양분을 먹고 산다. 메뚜기에서부터 소, 닭, 사람에 이르기까지 모두 동물은 '소비자'다. 초식동물은 식물을 먹고 육식동물은 초식동물을 잡아먹는다. 그러나 모든 동식물은 결국은 죽고 만다. '위대한 분해자'가 다시 나설 차례가 된다. 이런 순환의 끝없는 반복이 모든 생물이 생명을 영위하는 연결고리다. 이 순환 고리의 위대한 생산자군群의 하나로 이 별꽃도 존재한다.

주차장 구석에 피어있지만 별꽃은 발밑에 수많은 미생물을 거느리고 있다. 별꽃이 피어있다는 사실 자체가 이 이 위대한 분해자의 존재를 증명하고 있다. 물론 이 작은 풀은 광합성을 하여 누군가의 영양이 된다. 가을이 되면 이 풀도 메말라 다시 땅속의 미생물에게 자신을 맡겨 무기양분으로 돌아간다. 자연 순환의 연결고리의 당당한 하나의 존재가 되어 나름대로 복무하고 있는 것이다.

이 작은 꽃도 꽃가루를 수정시켜 종자를 퍼뜨려야 한다. 다섯 개의 하얀 꽃잎은 끝이 갈라져 꽃잎 수를 두 배인 열 개로 보이게 한다. 여기에도 놀라운 이유가 있다. 되도록 시선을 끌어 곤충들을 불러들이려는 것이다. 이처럼 주차장 구석에서 움직이지 못하는 별꽃이지만 조

금이라도 더 씨를 퍼뜨리려고 노력한다. 그런데 이 작은 꽃이 자기보다 몸집이 크고 무거운 벌·나비를 감당이나 할 수 있겠는가. 없다. 그러나 '허리를 꺾고' 자세히 들여다보면 조그만 개미, 이름 모를 곤충들이 부지런히 왔다 갔다 한다. 작은 꽃은 작은 꽃대로 찾아오는 곤충이 따로 있기 마련이다. 그렇다면 이 꽃은 한 생명으로서의 모든 기능을 갖추고 모든 역할을 다하고 있는 셈이다. 화합과 조화의 조그만 우주에 다름 아니다. 그럼에도 이 꽃은 겸손하고 온유하게 젖니를 "살짝" 내밀고 있을 뿐이다. 이는 만행을 몸으로 보여주고 있는 것과 같다. 화엄은 무엇인가. 한마디로 말하자면 '있는 그대로를 드러낸 우주 자체'다. 그래서 화자는 별꽃이 '화엄의 꽃'을 피우는, 또한 "말씀의 향기"가 넘치는 경전이라고 노래하게 되는 것이다.

4.

생명을 덤으로 얻은 시인에게 이런 작고 여린 꽃들의 삶은 한 마디로 경이다. 따라서 더 절실하게 아름답다. 그가 모든 생명에 대해 '대 긍정'과 '외경'의 사유를 보여주고 있는 소이가 바로 여기 있다. 이는 꽃뿐이 아니라 작은 미물에 대해서도 마찬가지로 해당된다.

마당에 심은 배추 상한 잎이 보였다
이 필시 배추흰나비 애벌레 짓이렷다
살의를 눈치챘을까,
오리무중
그 행방

밤중에 수색을 했다, 이럴 수가, 민달팽이
그 굼뜬 걸음으로 몇 시간을 기어 와서
시식들 하시고 있다,
울컥했다,
찡한 만남

— 「즐거운 만찬」 전문

　화자는 배춧잎이 상한 것을 보고 "필시 배추흰나비 애벌레 짓"으로 판단한다. 그러나 굼뜨기만 한 벌레도 막상 잡으려면 "오리무중/ 그 행방"을 감춰버린다.
　화자는 포기하지 않고 밤까지 기다렸다가 다시 "수색을 했다" 그런데 놀랍게도 범인은 "민달팽이"였다. "그 굼뜬 걸음으로 몇 시간을 기어 와서" 만찬을 하고 있는 것이다. 화자는 민달팽이를 잡지 못한다. 오히려 만남은 "찡한" 것이 되고 가슴은 "울컥"해진다. 그들의 만찬은 "낮 종일 숨었다가" 밤에야 나와 "목숨 걸고 하는 만찬"이었기 때문이다.
　민달팽이는, 우리가 말하는 '달팽이집'이 없는 달팽이를 말한다. 민달팽이의 껍데기는 퇴화하여 없다. 껍데기만 없을 뿐 다른 것은 일반 달팽이와 같다. 두 쌍의 더듬이는 늘었다 줄었다 하며 냄새를 맡고 명암을 판별한다. 위험을 느낄 때는 몸 전체를 둥그렇게 마는 것도 마찬가지다. 문제는 껍데기 없는 민달팽이는 수분을 간직하기 쉽지 않은 점이다. 그래서 낮에는 흙 속에 숨어 지내다가 밤이 되어야 활동하는 것이다. 그 민달팽이가 밤에 배춧잎을 먹으러 나왔다가 화자에게 딱 걸렸다.

화자가 "밤중에 수색을 한" 이유는 배춧잎을 상하게 하는 벌레의 "명줄을 끊"기 위해서다. 그러나 화자는 그것이 자신의 "잠시 아둔"한 생각에서 비롯된 것임을 깨닫고 돌아선다. 그리고 중얼거린다. "먹을 만큼/ 드시라고"

우리는 앞에서 보잘것없는 별꽃 하나에 얼마나 경이롭고 엄숙한 생명의 가치를 보여주는지 확인하였다. 민달팽이라고 다를 바 없다. 이 미물도 나름대로 모자람이 없는 구족具足성을 가지고 대자연과 함께 자유로워야 하는 생명이다. 모든 생명체가 외경의 대상으로 원칙적으로는 동등한 가치를 지니고 있다. 이는 인간, 동물, 식물 모든 생명체가 살아있는 존재라는 점에서 가치의 차등이 존재하지 않음을 의미한다. 때로는 불가피한 상황에서 생명의 차등성을 인정하여 위해를 가할 수도 있다. 그러나 그러한 선택에 대한 도덕적 책임은 반드시 고려되어야 한다.

만약 화자가 배춧잎을 상하게 한다는 이유로 달팽이의

'명줄'을 밟아 비틀었다 하자. 그래도 당장은 아무 일도 일어나지 않는다. 그러나 어딘가 보이지 않는 자연 순환의 연결고리에 조그만 문제가 시작될 수 있다. 쉬운 이해를 위해 이를 좀 더 확대해 생각해 보자. 배춧잎을 위해 화자가 처음 겨냥했던 배추애벌레도, 밤에 만나 덜미를 잡힌 민달팽이도 다 잡아 죽인다 하자. 배추흰나비가 없이 누가 수술의 꽃가루를 암술머리에 옮겨 수분을 시킬 것인가. 달팽이나 지렁이같이 주로 땅속에 사는 것들은 땅을 기름지게 한다. 또한 이들을 포식捕食하는 것들은 무얼 먹고살 것인가. 마치 사슴을 보호한답시고 늑대를 모조리 사냥해 없애 버리면 급격히 늘어난 사슴의 개체 수는 결국 초원을 황폐하게 하고 먹이가 부족한 이들은 굶어 죽고 마는 것과도 같다. 이처럼 살아 있는 모든 것들은 서로의 공생이 만들어내는 감동적인 드라마다. 자연은 인위적 간섭 없이 그냥 스스로 놔두는 것이 최선이다. 그것은 자연이란 말 그대로 '스스로 존재'하기 때문이다.

화자는 벌레의 "명줄을 끊으"려고 왔지만 그것이 잘못된 생각임을 깨친다. 그가 할 수 있는 최선의 행동은 그냥 "돌아서"는 것이다. 그리고 먹을 만큼 "드시라"고 중얼거린다. 여기서 화자가 자신을 낮춤으로써 상대편을 높이는 "드시라"는 겸양어를 사용하고 있음도 주목해 볼 부분이다. 대단한 일도 아닌 행동으로 보이지만 여린 생명을 향한 외경으로 '마음껏 드시라'며 그냥 돌아서는 사람이 우리들 중 과연 몇이나 될 것인가.

5.

시집에는 수많은 동식물이 등장한다. 지금까지 우리는 '노랑제비꽃', '참꽃마리', '별꽃' 등 작은 세 종류의 꽃과 역시 작은 연체동물인 '민달팽이' 하나를 살펴보았을 뿐이다. 그럼에도 우리는 생명의 '화합과 조화'의 놀라운 세계를 볼 수 있었고 시인의 충만한 생명에 대한 존중·외경 사상을 인지할 수 있었다. 이제 시인은 봄꽃잔치를 벌이고 생명의 찬가를 부른다.

꽃대궐 시끌벅적
잔치 준비 한창이다

이랴아! 쉬지 말고 연자방아 돌리라 보자 떡쇠놈은 멍석 깔고 떡칠 준비 하였느냐 수유댁 꽃물 풀어 소쿠리 충충 찌지미요 명자년은 진달래랑 동글납작 화전이다 청매화 벌떼 불러 바깥손님 맞을 준비 목련댁은 오지랖 넓어 여기 펄럭 저기 펑펑 버선발이 모자란다 앵두 살구는 동풍에 향기 놓아 손님 초대 바쁘구나 홍매 아씨 연지곤지 몸단장 막 끝내자 개나리 울을 치고 바람개비 돌리면 하낫둘 민들레 어린이 재잘재잘 몰려들고

꽃샘이 제아무리 시새도 이 잔치판은 못 엎어
―「꽃잔치」전문

첫 연에서는 "시끌벅적 꽃대궐"에 "잔치 준비"가 한창 진행되고 있다. 여러 사람들이 꽃들은 물론 곤충까지 불러들여 '꽃잔치'를 벌리고 있는 것이다.

다음 연에서는 잔치판의 모습이 구체적으로 묘사되고 있다. 화자는 쉬지 않고 "연자방아 돌리"며 사람들에게 준비가 제대로 돼가는지 묻기도 하고, 확인도 하며 하나하나 챙기고 있다. "멍석 깔고 떡칠" 떡쇠, "소쿠리 층층 찌지미" 만들 수유댁, "동글납작 화전" 부칠 명자년과 진달래 모두가 바쁘다. "손님 맞을" 목련댁도 "여기 펄럭 저기 펑펑 버선발이" 모자라게 바쁘다. "홍매 아씨 연지곤지 몸단장" 바쁘다. 어린아이들도 "재잘재잘 몰려"들어 바쁘다. 청매화, 개나리, 민들레, 진달래가 나오고 앵두, 살구까지 나온다. 봄꽃은 다 잔치에 나오는 모양이다. 수유, 목련, 홍매가 의인화 되어 어느 게 꽃이고 어느 게 사람인지 구분이 안 될 정도다. 참으로 분주하고 흥겨운 봄 잔치마당이다. 얼씨구나, 좋옷타. 필자의 문체도 신명이 나서 어느 틈에 시인을 닮아가고 있다.

마치 자진모리로 뽑아대는 '판소리 한 대목'을 듣는 것 같다. 시조에 대해 왈가왈부하고 싶은 생각은 없다. 그러나 사설시조가 평시조 형식에서 벗어나 두 행 이상이

6음보 이상이며, 어느 한 행이 8음보 이상인 것이라면 위 시는 확실히 사설시조다. 조선후기의 실학實學은 이 땅의 문학예술부문에도 큰 변화를 가져와 사실적인 성격을 위주로 하는 산문문학을 발전시켰다. 이런 새로운 가치관에 의하여 사설시조가 나타났고 날카로운 현실의식으로 기존의 지배이념을 극복해 나갔다. 사설시조의 특징은 위에서 보는 것처럼 대단한 입담과 재치로 사대부가 아닌 평민들의 애환을 그대로 표출해 희극적인 미학을 실현하는 것이다. 위의 화자도 연자방아를 돌리는 평민에 불과하다. 이처럼 사설시조는 언어구사나 표현방식이 유사한 판소리·탈춤과 함께 삶의 실상을 거침없이 표현하는 사실적 문학으로 발전해 왔다. 바로 위의 작품이 그러하다. 여하튼 매우 신명 나는 잔치판이라 보는 우리가 모두 즐겁다.

셋째 연이자 마지막 연에서 화자는 갑자기 "꽃샘이 제아무리 시새도 이 잔치는 못 엎어"라고 일갈하고 시의 문을 닫아버린다. 느닷없이 시치미 떼고 하는 발화라 처음엔 이게 무슨 소린가 하지만 지당한 말씀이다. 이 흥겨운 민초들의 꽃잔치를 어느 누가 엎을 것인가. 사설로 엮어나가던 긴 문장을 깔끔히 마무리하는 멋진 결미다.

아무쪼록 시인 앞에 이런 잔치 속의 찬가가 계속되기를 기대한다. 특히 '웃으면 덧니가 하얀 누이'같이 가슴 때리는 심상을 담은 시편들도 양산되기를 바란다. 해국, 미더덕, 가마우지, 진해댁, 봉선화, 아카시아가 나를 째

려본다. 다루기 위해 뽑아 놓은 작품들이었다. 이 아름
다운 생명들에게 미안한 마음이 든다. 아쉽다.